民国ABC丛书

文艺论
ABC

夏丏尊　著

知识产权出版社
全国百佳图书出版单位

图书在版编目（CIP）数据

文艺论ABC / 夏丏尊著.—北京：知识产权出版社，2017.1
（民国ABC丛书 / 徐蔚南等主编）

ISBN 978-7-5130-4584-1

Ⅰ.①文… Ⅱ.①夏… Ⅲ.①文艺理论 Ⅳ.①I0

中国版本图书馆CIP数据核字（2016）第276624号

责任编辑：王颖超　　　　　　　　责任校对：谷　洋

封面设计：sun工作室　　　　　　　责任出版：刘译文

文艺论ABC

夏丏尊　著

出版发行：知识产权出版社有限责任公司	网　　址：http://www.ipph.cn
社　　址：北京市海淀区西外太平庄 55 号	邮　　编：100081
责编电话：010-82000860 转 8655	责编邮箱：wangyingchao@cnipr.com
发行电话：010-82000860 转 8101/8102	发行传真：010-82000893/ 82005070
印　　刷：北京科信印刷有限公司	经　　销：各大网上书店、新华书店及相关专业书店
开　　本：880mm×1230mm　 1/32	印　　张：5.125
版　　次：2017 年 1 月第 1 版	印　　次：2017 年 1 月第 1 次印刷
字　　数：58 千字	定　　价：25.00 元

ISBN 978-7-5130-4584-1

再版前言

民国时期是我国近现代史上非常独特的一个历史阶段，这段时期的一个重要特点是：一方面，旧的各种事物在逐渐崩塌，而新的各种事物正在悄然生长；另一方面，旧的各种事物还有其顽固的生命力，而新的各种事物在不断适应中国的土壤中艰难生长。简单地说，新旧杂陈，中西冲撞，名家云集，新秀辈出，这是当时的中国社会在思想、文化和学术等各方面的一个最为显著的特点。为了向今天的人们展示一个更为真实的民国，为了将民国文化的精髓更全面地保存下来，本社此次选择了世界书局于1928~1933年间出版发行的ABC丛书进行整理再版，以飨读者。

世界书局的这套 ABC 丛书由徐蔚南主编，当时所宣扬的丛书宗旨主要是两个方面：第一，"要把各种学术通俗起来，普遍起来，使人人都有获得各种学术的机会，使人人都能找到各种学术的门径"；第二，"要使中学生、大学生得到一部有系统的优良的教科书或参考书"。因此，ABC 丛书在当时选择了文学、中国文学、西洋文学、童话神话、艺术、哲学、心理学、政治学、法律学、社会学、经济学、工商、教育、历史、地理、数学、科学、工程、路政、市政、演说、卫生、体育、军事等 24 个门类的基础入门书籍，每个作者都是当时各个领域的知名学者，如茅盾、丰子恺、吴静山、谢六逸、张若谷等，每种图书均用短小精悍的篇幅，以深入浅出的语言，向当时中国的普通民众介绍和宣传各个学科的知识要义。这套丛书不仅对当时的普通读者具有积极的启蒙意义，其中的许多知识性内容和基本观点，即使现在也没有过时，仍具有重要的参考价值，因此也非常适合今天的大众读者阅读和参考。

本社此次对这套丛书的整理再版，将原来繁体竖排转化为简体横排形式，基本保持了原书语言文字的民国风貌，仅对部分标点、格式进行规范和调整，对原书存在的语言文字或知识性错误，以及一些观点变化等，以"编者注"的形式加以标注，以便于今天的读者阅读。希望各位读者在阅读本丛书之后，一方面能够对民国时期的思想文化有一个更加系统、深刻的了解，另一方面也能够为自己的书橱增添一份用于了解各个学科知识要义的不可或缺的日常读物。

知识产权出版社

2016 年 11 月

ABC丛书发刊旨趣

徐蔚南

西文ABC一语的解释，就是各种学术的阶梯和纲领。西洋一种学术都有一种ABC，例如相对论便有英国当代大哲学家罗素出来编辑一本《相对论ABC》，进化论便有《进化论ABC》，心理学便有《心理学ABC》。我们现在发刊这部ABC丛书有两种目的：

第一，正如西洋ABC书籍一样，就是我们要把各种学术通俗起来，普遍起来，使人人都有获得各种学术的机会，使人人都能找到各种学术的门径。我们要把各种学术从智识阶级的掌握中解放出来，散遍给全体民众。

1

ABC 丛书是通俗的大学教育，是新智识的泉源。

第二，我们要使中学生、大学生得到一部有系统的优良的教科书或参考书。我们知道近年来青年们对于一切学术都想去下一番工夫，可是没有适宜的书籍来启发他们的兴趣，以致他们求智的勇气都消失了。这部 ABC 丛书，每册都写得非常浅显而且有味，青年们看时，绝不会感到一点疲倦，所以不特可以启发他们的智识欲，并且可以使他们于极经济的时间内收到很大的效果。ABC 丛书是讲堂里实用的教本，是学生必办的参考书。

我们为要达到上述的两重目的，特约海内当代闻名的科学家、文学家、艺术家以及力学的专门研究者来编这部丛书。

现在这部 ABC 丛书一本一本的出版了，我们就把发刊这部丛书的旨趣写出来，海内明达之士幸进而教之！

一九二八，六，二九

例　言

本书虽未将文艺本质论、鉴赏论等分篇，但也似有系统：最初几节是关于文艺的本质，其次是关于鉴赏，最后是关于创作。文字虽简，文艺论的几个根本问题，却大致已包括无遗了。

近年来革命文艺的呼声，尤其是无产阶级文艺的呼声，甚形热闹，但是所谓革命文艺、无产阶级文艺，究竟是什么一回事，实在有点模糊。著者特辟一章，客观地从文艺创作与革命的关系，根本上加以一番考察，以阐明革命文艺、无产阶级文艺的究竟。

目 录

1

绪　言

因了书肆的嘱托，我遂负有向读者讲述文艺大意的任务了。范围是文艺的 ABC，字数是三万。在这限制之下，能供给读者些甚么，自己也不能完全豫料 ❶。姑且随了笔把我所认为值得向读者说述的文艺上的事项或自己对于文艺上的私见等来顺次说下去吧。

读者如果想得文艺上的分门别类的系统的知识，那末像文学概论之类的书，世间尽有。可是世间的所谓文学概论之类的书，大都因了分类过琐碎，说理太高远，往往反有使初步的读者头脑混乱的毛病。恰如叙一人

---

❶　即"预料"。——编者注

物，尽凭你把其身世性行经历等一一说得很详，有时反不及说一二小小的轶事来得可以仿佛其人的面影。本书宁愿幼稚简略，目的但求给读者以文艺的趣味。只要未入文艺的门的读者，能因此稍领略文艺之宫的风光，就算任务已尽的了。

Chapter
第一章

何谓文艺

第一章　何谓文艺

"名不正则言不顺"，文艺是甚么？文艺与文学，有何区别？这是开端先要一说的。文学与文艺，原可作同一的东西解释，普通也都这样混同了解释着。但这里所以不称文学而称文艺者，实也有相当的理由。特别地在文学二字含有多义的我国，尤觉有这必要。我国向习，凡用文字写成的，白纸上写了黑字的，差不多都混称为文学。不信，但看坊间的中国文学史之类的书本，不是把史书子书和诗歌戏曲一样都作为文学论述着吗？这原也不但我国如此，各国往时也如此，不，至今文学的解释，也仍人异其说，莫衷一是，这情形只要翻开辞典一查"Literature"一字项下，或取文学概论之类的书一看，就可知道的。现今普通所谓文学者，大概指纯文学而言。内容包括诗歌、小说、谣曲、戏剧等，与史书论文大异其趣，其性质宁和雕刻、音乐、绘画等相共通，换言之，就是和雕刻、音乐、绘画同为一种艺术，不过文学所用的工具是文字，别的艺术所用的工具是色彩、音声或土石而已。把文学认为艺术的一种，这已是公认的见解了。由这见解，为明白起见，所以不称文学而称文艺。

文艺是以文字为工具的艺术。但这里有须补充的话：当文字未发明以前，已早有文艺了的，世界各国的原始传来的民歌谣曲，大都发生在文字以前，仅赖了言语口传遗下来的。所以如果要完密地说，应该说文艺是以言语文字为工具的艺术。不过，在现今已有文字，言语与文字已一致了的时代，文字就是言语，言语也就是文字，不十分严密的限定，也不甚要紧的了。

　　定义的讨论，原是最麻烦的事，姑且以此为止。

Chapter
第二章

02

文艺的本质

第二章 文艺的本质 ‖

前节曾说文艺与史书论文大异其趣了。文艺和其他文字的异趣，不但在形式上，还在性质上。史书原也有文艺的部分，举例来说：如《史记·屈原传》中就载得有文艺作品《离骚》，其写屈原的地方，也未始没有可以动人的句语，但《史记》的目的，在《屈原传》（与贾谊合传了，原叫《屈贾列传》）却在记述屈原的行事，其中的《离骚》，只是当作屈原的行事之一，加以记载而已，其中的写屈原的数句可以动人的句语，只是太史公的笔本有文学能力，随机表现而已，目的本不在想借了文字来造成一种艺术的。至于论文，完全是一种作者借了文字表示自己的主张或意见的东西，目的更近于实用，更不是艺术了。

心理学上通例把心的活动分为知、情、意的三方面，史书偏重于知的方面，论文偏重于意的方面，文艺却偏重于情的方面。《离骚》本文是情的，而《屈原传》中，却当作行事之一而列着，就是知的了。凡是离情愈远、愈和知与意接近的文字，就愈不是文艺。"三角形内角之和等于二直角"完全是知的，"打倒土豪劣绅！"完全是意的，看了不能引起任何情绪，所以不是文艺。

文艺的本质是情。但所谓情者，不能凭空发生，喜悦必须有喜悦的经验，悲哀也必须有悲哀的事实。把这"经验"或"事实"抽出来看，性质当然是属于知或意的。举例来说：

出自北门，

忧心殷殷！

终窭且贫，

莫知我艰，

已焉哉！

天实为之，

谓之何哉！

这是《诗经》中的诗，是文艺作品。其中加点的数句是经验，属于知的部分，无点的数句，属于情的部分。对于经验或事实不作知或意的处理，仅作情的处理，这就是文艺的特性。文艺所给与人的是感动或情味，不是知识或欲望。

经验或事实着了感情的衣服表现出来的是文艺，但有时感情与经验事实两方有偏重而不平均者，甚而至于有缺其一方面者。如王维诗：

独坐幽篁里，

弹琴复长啸。

深林人不知，

明月来相照。

这二十字中，只有经验事实，并没有明白地列出感情，但我们读了这诗，却自然会在言外引起一种幽玄的感情，就是会自己把感情补足进去，所以仍不失为好诗。近代小说中往往有这种冷静的处所，特别地是近代自然主义的作品。

更有只列感情而经验事实不示明者，这类的例以诗歌为多。如曹操的《短歌行》中有几节：

慨当以慷，

忧思难忘。

第二章 文艺的本质 ‖

何以解忧？

唯有杜康。

★★★

明明如月，

何时可掇？

忧从中来，

不可断绝。

这诗读去满着忧情，而为甚么忧，很是漠然，但仍无妨其为文艺作品。

由是可知，文艺的本质是情，文艺中须把经验事实通过情的面纱来表示，从情的上面刺激读者。科学的文字重在诉之于知，道德的文字重在诉之于意，而文艺的文字，却重在诉之于情。

Chapter
第三章
03

文艺上的情的性质

第三章　文艺上的情的性质

文艺的本质是情，那末只要是情，就可作为文艺的本质了吗？决不是的。情原有许多种类，其性质有现实的情与美的情的不同。例如，快乐苦痛都是一种情，我们在实❶生活上谁也都有这二种情的经验，着了彩票时就快乐，失了名誉时就苦痛。但这时的快乐与苦痛，都有利己的色彩，与他人毫不相干。只是现实的个人的情，无论正在快乐或苦❷的当儿，埋头于快乐苦痛之中，无写出的余暇。即使写成文字，也只是个人的现实的利害记录，不能引动人的。

---

❶　应为"现实"。——编者注
❷　应为"苦痛"。——编者注

文艺中的情，不是现实的情，是美的情。所谓美的情者，是与个人当前实际利害无关系的情，美的情能使人起一种快感，即其情为苦痛时也可起一种快感。我们看悲剧，不是一壁流泪，一壁却觉得快乐吗？从来山水花月等所以被认为重要文艺材料，而金钱名誉等反被从文艺材料中摈弃者，实因前者不易执着实际利害，而后者容易执着实际利害的缘故。我并不主张文艺的材料必须山水花月，着彩票与失名誉不能取作文艺材料，只要所随伴的情是美的情，就把着彩票与失名誉充当材料，也可不失其为文艺作品的。

那末怎样才能运用美的情呢？这不但文艺，一切艺术都一样，就是艺术与现实关系如何的问题了。让我们再另项来考察吧。

Chapter
第四章

04

艺术与现实

第四章　艺术与现实

　　看见一幅画得很好的花卉画，我们常赞叹了说，这画中的花和真的花一样。看见一丛开得很好的花卉，我们又常赞叹了说，这花和画出的一样。看小说时，于事情写得逼真的地方，我们常赞叹了说，这确是社会上实有的情形。在处世上，遇到复杂变幻的事情的时候，我们说，这很像是一篇小说。究竟画中的花像真的花呢？还是真的花像画中的花？小说像社会上的实事呢？还是社会上的实事像小说？这平常习用习闻的言说中，明明含着一个很大的矛盾。

　　这矛盾因了看法，生出了许多人生上重

大的问题，例如王尔德的认人生模仿艺术，就是对于这矛盾的一个决断。我在这里所要说的，不是那样的大议论，只是想从这疑问出发了来把艺术与现实的关系，略加考察而已。

真的花只是花，不是画；但画家不能无视了现实的花，画出世间所没有的花来。社会上的事象，只是社会上事象，不是小说；但小说家不能无视了现实的社会事象，写出社会上所没有的事象来。在这里，可以发生两个问题：（1）现实就是艺术吗？（2）艺术就是现实吗？这两句话，因了说法都可成立。问题只在说的人有艺术的态度没有？

那末甚么叫艺术的态度？我们对于一事物，可有种种不同的态度。举一例说，现在有一株梧桐树，叫一个木匠、一个博物学者、一个画家同时去看。木匠所注意的大概是这

第四章　艺术与现实 ‖

树有几丈板可锯或是可以利用了作甚么器具等类的事项，博物学者所注意的大概是叶纹叶形与花果年轮等类的事项，画家则与他们不同，所注意的只是全树的色彩姿态调子光线等类的事项。在这时候，我们可以对于这梧桐树，木匠所取的是功利的态度，博物学者所取的是分别的态度，画家所取的是艺术的态度。

我们对于事物，脱了利害是非等类的拘缚，如实去观照玩味，这叫做艺术的态度。艺术生活和实际生活的分界，就在这态度的有无，艺术和现实的区别，也就在这上面。从现实得来的感觉是实感，从艺术得来的感觉是美感。实感和美感是不相容的东西。实感之中，决无艺术生活，同样，艺术生活上一加入实感，也就成了现实生活了。要说明这关系，最好的事例，就是今年国内闹过许多议论的模特尔事件。

在普通的现实生活中，赤裸裸不挂一丝的女子，不容说是足以挑拨肉感——就是实感，有伤风化的。但对于画家，则不能用这常规的说法。因为既为画家，至少在作画的时候，是用艺术的态度来观照一切、玩味一切，不会有实感的。至于普通的人们，不但见了赤裸裸的女性实体起实感，即见了从女体临写下来的，本来只充满了美感的裸体画，也会引起实感。就画家说，现实可转成艺术，就普通人说，艺术可转成现实。

世间有能用艺术态度看一切的人，也有执着于现实生活的人。不，同一个人，也有有时埋头于现实生活，有时脱离了现实生活而转入艺术生活的事。画家、文学家除了对画布就笔砚以外，当然也有衣食上的烦恼和人间世上一切的悲欢，商店的伙友于打算盘

第四章 艺术与现实 ▎

的余暇，也可有向了壁上的画幅或是窗外的夕阳悠然神往的时候。只是有艺术教养的人们，多有着玩味观照的能力罢了。在有艺术教养的人，不但能观照玩味当前的事物，且能把自己加以玩味观照。假如爱子忽然死亡了，这无论在小说家或普通人，都是现实的悲哀，都是一种的现实生活。但普通人在伤悼爱子的当儿，一味没入在现实中，大都忘了自己，所以在伤悼过了以后，只留着一个漠然的记忆而已。小说家就不然，他们也当然免不了和普通人一样，有现实的伤悼，但一方却能把自己站在一旁，回着反省自己的伤悼，把自己伤悼的样子在脑中留成明确的印象，写出来就成感人的作品。置身于现实生活而能不全沉没在现实生活之中，从实感中脱出了取得美感，这是艺术家重要的资格。艺术中所表出的现实，比普通人所经历的现实，往往更明白、更完善，因为艺术家能不沉没在现实里，所以能把整个的现实，如实领略了写出。艺术一面教人不执着现实，一面却教人以现实的真相，我们从前者可得艺术的解脱，从后者可得世相的真谛。这就是艺术有益于人生的地方。

西湖的美，游览者能得之，为要想购地发财而跑去的富翁，至少在他计较打算的时候，是不能得的。裸体画的美，有绘画教养的人能得之，患色情狂的人，是不能得的。真要领略糖的甘味与黄连的苦味，须于吃糖吃黄连时把自己站在一旁，咄咄地鼓着舌头，去玩味自己喉舌间的感觉。这时吃糖和黄连的是自己，而玩味甘与苦的别是一自己。摆脱现实，才是领略现实的方法。现实也要经过这摆脱作用，才能被收入到艺术里去。

《创世记》中有这样的一段神话：

第四章　艺术与现实 ‖

耶和华上帝说：那人独居不好，我要为他造一个配偶帮助他。……耶和华上帝使他沉睡了。于是取下他的一条肋骨，又把肉合起来。耶和华上帝就用那人身上所取的肋骨，造成一个女人，领到那人跟前。那人说：这是我骨中的骨，肉中的肉，可以称他为女人，因为他是从男人身上取出来的。

这段神话，实可借了作为艺术与现实的象征的说明。如果把男性比喻作现实，那末女性就可比作艺术。女性是由男性的部分造成，但有一个条件，就是先要使男性沉睡，男性醒着的时候，就是上帝也无法从他身上造出女性来的。现实只是现实，要使现实变成艺术，非暂时使现实沉睡一下不可。使现实暂时沉睡了，才能取了现实的某部分作成艺术。因为艺术是由现实作成的，所以我们见了艺术，犹如看见了现实，觉得这现实的化身，亲切有味，如同"那人说：这是我骨中的骨，肉中的肉"一样。

Chapter
第五章

05

经验与想像

第五章　经验与想像

　　由现实经验净化而生的美的情感，是一切艺术的本质。美的情感由现实经验净化而来，故经验实为根本的要素。凡是作家，都是经验很丰富的人，近代小说的大多数，皆含有自传性质，左拉（E.Zola）要描写酒肆，不惜走遍巴黎的酒肆去详密观察，勿洛培尔❶（G.Flaubert）作《鲍美利夫人》❷，要描写女主人公服砒❸自杀，竟至自己试尝砒霜。都是有名的事。

　　经验的重要，已如上述。但经验以外，

❶　今译为"福楼拜"。——编者注
❷　今译为"《包法利夫人》"。——编者注
❸　应为"砒霜"。——编者注

犹有一个重大要素，就是想像。左拉虽经验了酒肆的状况，但对于其小说中的男女人们的淫荡是难有直接经验的。勿洛培尔虽试尝过砒霜的味道，但女主人公的临死的苦闷是无法尝到的。莎士比亚（Shakespeare）曾以一人描写过王侯、小民、恋爱、弑逆、见鬼、战争、嫉妒、重利盘剥、妖怪等等，被斥为专描写性欲的莫泊三❶，一生中也未曾有过异常的好色的经验。可知经验并不是文艺的唯一内容，文艺的本质是美的情感，情感固可缘经验而发生，亦可缘想像而发生，我们对了目前汪洋的海，固可起一种情感，但即使目前无海，仅唤起了海的想像时，也一样地可得一种情感的。

艺术不是自然的复制，是一种的创造。在这意义上，想像之重要，实过于经验。虽非直接经验，却能如直接经验一般描写着，虽

---

❶ 今译为"莫泊桑"。——编者注

是向壁虚造，却令人不觉其为向壁虚造，这才是文艺作家的本领。

想像可补经验的不足，与经验同为文艺中的重要成分。但这里有一事不可不知，就是所谓想像者，不是凭空漫想，仍要以经验为基础的。举例来说，我们不曾见过冰山，但能作冰山的想像。这冰山的想像，实以直接经验的"山"与"冰"为材料的。如果我们没有"山"与"冰"的直接经验，决不能有想像中的"冰山"。同样，平日直接经验过的"山"与"冰"的观念，如不明晰，则"冰山"的想像也就不能完全。文艺作品中的人物，其实都不是当前实有的人物，而能写得如当前实有的人物一样地逼真者，实由于作者的——经验的精确，和想像的周到。作者对于那人物的一举动、一谈话，都曾依据了平日在世上从张三李四等无数人见闻过的经验，再来从想像上组造成功的。

所写者虽只一人物的一举动或一谈话，而其实是同性质的无数人物的结晶。故想像须以经验为基础，经验正确，想像力丰富，是文艺作家应有的两种资格。

06

为人生的与为艺术的

第六章　为人生的与为艺术的

经济与想像均可发生情感，而美的情感为文艺之本质。所谓美的情感者，是脱离现实生活的利害是非等而净化过了的东西。这是我在上面数节所说的意趣。

对于这意趣也许有人要不承认的，我们在这里已碰到了为人生的艺术（art for life）与为艺术的艺术（art for art）的大问题了。

这问题好像我国哲学上性善与性恶问题一样，实是文艺上聚讼不清的大纠纷。人生派把文艺的目的放在文艺以外，主张文艺须有利于社会，有益于道德，艺术派主张文艺的目的就是美，美以外别无目的。前者可以托尔斯太 ❶（Z.Tolstoy）与诺尔道（Max Nordau）等为代表，后者可以前节所说的王尔德等为代表。要详细知道，可去看看托尔斯太的《艺术论》、诺尔道的《变质论》、王尔德的《架空的颓废》。

这两种极端相反的趣向，在我国古来亦有。韩愈的所谓"文以载道"，是近乎人生派一流的口吻；昭明太子的所谓"立身之道与文章异，立身先须谨慎，文章且须放荡"，是近乎艺术派的口吻。这二派在我国，要算人生派势力较强，历代都把文艺为劝善惩恶或代圣贤立言的工具。戏剧是用以"移风易俗"的，小说是使"闻之者足戒"的。文字要"有功名教""有益于世道人心"，才值得赞赏，否则只是"雕虫小技"。

---

❶ 今译为"托尔斯泰"。——编者注

第六章　为人生的与为艺术的

人生派与艺术派，究竟孰是孰非，这里原不能数言决定，其实，两派都只是一种的绝端的见解而已。

绝端地把文艺局限于功利一方，是足以使真文艺扑灭的。试看，从来以劝善惩恶为目的的作品里，何尝有好东西？甚至于有借了这劝善惩恶的名义来肆行传播猥亵的内容的，如甚么"贪欢报""杀子报"，不是都以"报"字作着护符的吗？露骨的劝善惩恶的见解，在文艺上，全世界现在似乎已绝迹了，但以功利为目的的文艺思想，仍取了种种的形式流行在世上，或是鼓吹社会思想，或是鼓吹妇女解放，或是鼓吹宗教信仰，名为文艺作品，其实只是一种宣传品而已。这类作品，愈露骨时，愈失其文艺的地位。

人生派的所谓"人生"者往往只是"功利"，因此，其所谓"为人生的艺术者"，结果只是"为功利的艺术"而已。人生原有许多方面，把人生只从功利方面解释，不许越出一步，这不消说是一种偏狭之见。

至于艺术派的主张，如王尔德的所谓"艺术在其自身以外，不存任何目的，艺术自有独立的生命，其发展只在自己的路上"，亦当然是一种过于高蹈的议论。我们不能离了人来想像文艺，如果没有人，文艺也决不能存在。艺术之中也许会有使人以外的东西悦乐的，如音乐之于动物。但文艺究是人所能单独享受的艺术，玩赏艺术的不是艺术自身，究竟是人。如果文艺须以人为对象，究不能不与人发生关系。艺术派主张文艺的目的在美，那末，供给人以美，这事本身已是有益于人，也是为"人生的艺术"，与人生派相差，只是意义的广狭的吧了❶。这两派的纠纷，问题似

---

❶ 即"罢了"。——编者注

42

只在"人生"二字的解释上。

　　人生是多元的，人的生活有若干的方面，故有若干的对象。知识生活的对象是"真"，道德生活的对象是"善"，艺术生活的对象是"美"。我不如艺术派所说，相信"美"与"善"无关，是独立的东西，但亦不能承认人生派的主张，把"美"只认为"善"的奴仆。我相信文艺对人有用处，但不赞成把文艺流于浅薄的实用。

　　文艺的本质，是超越现实功利的美的情感，不是真的知识与善的教训，但情感不能无因而起，必有所缘。因了所缘，就附带有种种实质，或是关于善的，或是关于真的。我们不应因了这所附带的实质中有善或真的分子，就说文艺作品的本质是善的或真是的。●

　　──────

　　● 应为"或是真的"。──编者注

伊卜生[1]（H.Ibsen）作了一本《傀儡家庭》的戏剧，引起全世界的妇女问题，妇女的地位因以提高了许多。有几个妇女感激伊卜生的恩惠，去向他道谢意，说幸亏你提倡妇女运动。伊卜生却说，我不知道甚么妇女运动不妇女运动，我只是作我的诗吧了。伊卜生是有名的社会剧问题剧作家，尚且有这样的话。这段逸话，实暗示着文艺上的一件大事，创作与宣传的区别亦就在此。伊卜生所作的只是他自己的诗，并不想借此宣传甚么，鼓吹甚么。就是所谓超越现实功利的美的情感，妇女娜拉就是这美的情感的所缘。这所缘因了国土与时代而不同，文艺因了国土与时代也随了有异（所谓文艺是时代的反映，是国民性的反映者就为了此）。但所异者只是所缘，不是文艺本身。文艺本身却总是以美的情感为本质的。

---

[1] 今译为"易卜生"。——编者注

文艺的真功用

第七章　文艺的真功用 ‖

　　我在上节说，我相信文艺有用处，但不赞成把文学流于浅薄的实用。那末文艺的功用何在呢？

　　我国从来对于文艺，有的认作劝惩的手段，有的认作茶余酒后的消遣，前者属于低级的人生派的见解，后者属于低级的艺术派的见解，都不足表出文艺的真功用。

　　在这里，为要显明文艺的真功用，敢先试作一番玄谈。庄子有所谓"无用之用，是为大用"的话，凡是实用的东西，大概其用处都很狭窄，被局限于某方面的。举例说，笔可以写字作画，但其用只是写字作画而已；金鸡纳霜可以愈疟，但其用只是愈疟而已。反之，用的范围很广的东西，因为说不尽其用处的缘故，一看就反如无用。庄子所说的"无用之用，是为大用"，当是这个意思。

我们不愿把文艺当作劝惩的工具者，并非说文艺无劝惩的功用，乃是不愿把其功用但局限于劝惩上的缘故；不愿把文艺当作茶余酒后的消遣者，并非说文艺无消遣的功用，乃是不愿把其功用但局限于消遣的缘故。在终日打算盘的商人、弄权术过活的政治匠等实利观念很重的人的眼里，文艺也许是无用的东西，是所谓"饥不可以为食，寒不可以为衣的"。而这无用的文艺，却自古至今，未曾消灭，俨然当作人生社会的一现象而存在，究不能不说是奇怪之至的事了。

文艺的用，是无用之用。它关涉于全人生，

所以不应局限了说何处有用。功利实利的所谓用，是足以亵渎文艺的大用的。

"无用之用"，究不免是一种玄谈，诸君或许未能满足。我在这里非具体地说出文艺的功用不可，但如果过于具体地说，就又难免有局限在一隅的毛病。为避免这困难计，请诸君勿忘此玄谈。

读过科学史的人，想知道科学起于惊异之念的吧。文艺亦起于惊异之念。所谓大作家者，就是有惊人的敏感，能对自然人生起惊异的人。他们能从平凡之中找出非凡，换言之，就是能摆脱了一切的旧习惯、旧制度、旧权威，用了小儿似地新清的眼与心，对于外物。他们的作品，就是这惊异的表出而已。

> 昨日入城市，
>
> 归来泪满襟。

遍身罗绮者，

不是养蚕人。

这是郑板桥的一首小诗，多少有着宣传色彩，原并不是甚么了不得的大作品，但我们可借了说明上面的话。只要入城市的，谁也常见到遍身罗绮的人们，但常人大概对于遍身罗绮的人们不曾养蚕的这明白的事实，不发生疑问，以为他们八字好、祖宗风水好，当然可以着罗绮，并无足奇，就忽略过去了。板桥却会见了感到矛盾，把这矛盾用了诗形表出，这就是板桥所以为诗人的地方。

人生所最难堪的，恐怕要算对于生活感到厌倦了吧。这厌倦之成，由于对外物不感到新趣味新意义。小儿的所以无厌倦之感者，就是因为小儿眼中看去甚么都新鲜的缘故。我们如果到了甚么都觉得"不过如此""呒啥道理"的时候，生命的脉动亦就停止，还有甚么活力可言呢？文艺的功用，就在示我们以事物的新意义、新趣味，且教我们以自然人生的观察法，自己去求得新意义、新趣味，把我们从厌倦之感救出，生活于清新的风光之中。好的文艺作品，自己虽不曾宣传甚么，而间接却从人生各方面引起新的酝酿，暗示进步的途径。因为所谓作家的人们，大概有着常人所不及的敏感，对于自然人生有着炯眼，同时又是时代潮流的豫觉者❶。一切进步思想的第一声，往往由文艺作者喊出，然后哲学家加以研究，政治家设法改革，终于现出实际的改造。举例来说，伊卜生的《傀儡家庭》引起了妇女运动，屠介涅夫❷（I.Turgenev）的《猎人日记》引起了农奴解放，都是。

我不觉又把文艺的功用局限于功利方面

---

❶　即"预觉者"。——编者注
❷　今译为"屠格涅夫"。——编者注

去了。文艺的功用，是全的功用，综合的功用，把他局限在一方面，是足以减损文艺的本来价值的。文艺作品的生成与其功用，恰如科学的发明与其功用一样。电气发明者并不是为了想造电报电车才发去明[1]电气，而结果可以造电报电车；伊卜生自己说只是做诗，不管甚么妇女解放不妇女解放，而结果引起了妇女解放；屠介涅夫也并不想宣传农奴解放才写他的《猎人日记》，而《猎人日记》，却作了引起农奴解放的导线。故说伊卜生为了主张妇女解放而作剧，屠介涅夫为了主张农奴解放而作小说，便和说发明电气者为了想造电报电车而去研究电气，同样是不合事理的话，而且是挂一漏万的话。电气的功用，岂但造电报电车？还有医疗用呢？镀金用呢？还有现在虽未晓得，将来新发明的各种用途呢？

---

[1] 应为"才去发明"。——编者注

第七章　文艺的真功用 ‖

　　为保存文艺的真价起见，我不愿挂一漏万地列举具体的功用，只说对于全人生有用就够了。文艺实是人生的养料，是教示人的生活的良师。因了文艺作品，我们可以扩张乐悦和同情理解的范围，可以使自我觉醒，可以领会自然人生的秘奥。再以此利益作了活力，可以从种种方向发挥人的价值。

　　有人说，"这种的功效，可以从实际生活实世间求之，不一定有赖乎文艺的"。不错，实际生活与实世间确也可以供给同样的功效给我们。但实世间的实生活是散乱的，不是全的。我们一生在街中所看到的只是散乱的世相的一部，而在影戏院的银幕上，却能于仅少时间中看到人生的某一整片。实生活与文艺的分别，恰如街上的散乱现象与影戏中所见的整个现象，一是散乱的，一是整全的。

　　文艺的真功用如此。也要有如此功用，才

是我们所要求的文艺。诸君也许要说吧，"这样的文艺，现在国内不是不多见吗？"这原是的，但这不是文艺本身之罪，乃是国内文坛不振的缘故。好的文艺作品，原有赖于天才，天才又不是随时都有。在并世与本地找不到好文艺，虽然不免失望，也是无可如何的事。我们不妨去求之于古典或外国文艺。

08

Chapter
第八章

古典与外国文艺

第八章　古典与外国文艺 ‖

先就了古典说吧。"古典"二字，包含很广，这里只指我国古代的文艺，概括地说，数千年来的诗、歌、词、曲、小说都是。

古典文艺是经过时代的筛子筛过了的东西，并世的作家，未必人人知其姓名，而古代的作家，却大家能道其名字，有的竟是妇孺皆知，当世震惊一时的诗或小说，过了数年就会被人忘弃，而古典文艺却能在数千百年以后令人诵读不厌。这不能不说是可怪的现象了。

古典文艺的所以能保存到现在，实别有

其原因。我们试想，古时印刷术没有现今的便利，或竟还未知道印刷，交通也没有现今的灵通，古人所写的诗、歌、词、曲、小说，不但不能换官做，而且不像现在的可以卖稿，老实说是一钱不值的。这许多一钱不值的古文艺经了历代的兵燹，为甚么能保存到现在呢？推原其故，不得不归功于特志者（从来称为好事者）的维持之力。古典文艺作家的名声，在最初决非因了多数者保持的，无论生前怎样成功的作家，因了时世的推移，也就不免被人忘去，在这时，能和其全盛时代同样地加以赏赞、尊敬、研究者，只是少数的特志家吧了。因有特志家的宣传，或加以注释，或为之刊刻，于是一般人也就受了吸引，被忘去了的古作家的作品，遂重行复活转来。古典保存的经过，大概如此，原不限于文艺方面的古典，而在文艺方面，这经过更明显。因为文艺比之其他的古典，向被视为无足重轻的缘故。我们现在出几角钱，可以买一部陶渊明的集子了，"陶集"的历史，我们虽未详悉，如果查考起来，当然是有着惨淡经营的经过的。

古典文艺的保存，有赖于少数的特志家。这种特志家是怎样的人呢？不消说，他们是对于某一作家或一系作家的作品，能找出永久的欢喜的，他们是文艺的爱好者、鉴赏者，文艺作品经过了他们的眼睛，恰如骨董品的到了富于骨董知识的鉴赏家手里一样，真伪都瞒不过的。古典文艺是由历代这样的特志家眼中滤过，群众承认过的东西，大概都是是有读的价值了的。与其读那无聊的并世人的作品，不如去读古典文艺。

又，一民族的古典文艺，是一民族的精神文化的遗产，其底里流贯着一民族的血液的。故即离了研究文艺的见地，但就作为民族的一员的资格来说，古典文艺也大有尊重的必要。

其次是外国文艺。古典文艺是经过时代的筛子筛过的东西，外国文艺可以说是于时代以外，更经过地域的筛子的。我们是中国人，同时是世界的一员，中国文艺当阅读，外国文艺也当阅读。并且，我们比之任何国人，更有重视外国文艺的必要。中国文艺和外国文艺相较，程度远逊。国内当世作家的不及他国作家，不去说了。即就古典文艺而论，中国的文艺较之西洋也实有愧色。在文艺之中，中国最好、最完全的要算诗了，但只有短小的抒情诗，却缺少伟大的叙事诗。至于剧，如果中西相比起来，那真是小巫见大巫了。其他如小说、如童话等等，无论就了量说，就了质说，甚么都赶人家不上。试问，中国当世作家的作品，被译成数国文字的有

第八章 古典与外国文艺 ‖

几？古典文艺之中被认为世界的名作的有几？中国在世界之中，不特产业落后，军备落后，在文艺上也是世界的落伍者。不，依照我们前节所说的文艺的功用来说，可以说文艺落伍，即是其他一切落后的原因。浅薄的劝惩文艺，宣传的实用文艺，荒唐的神怪文艺，非人的淫秽文艺，隐遁的山林文艺，把中国人的心灵加以桎梏或是加以秽浊，还有甚么好的深的东西从中国人的心灵中生出来呢？

为输入新刺激计，外国文艺不但可为他山之石，而且是对症之药。西洋近代文明的渊源，大家都归诸文艺复兴。所谓文艺复兴者，只是若干学者在一味重灵的基督教思想的时代，鼓吹那重肉的希腊罗马的古文艺的运动而已。结果就从中世纪的黑暗时代，产生了"近代"。足证文艺的改革，就是人生气象改革的根源。最近的五四运动，与白话文学有关，是大家知道的事。白话文学运动原也是受了西洋文艺的洗礼而生的，但可惜运动只在文艺文字的形式上，尚未到文艺的本身上。我们更该尽量地接近外国文艺，进一步来作文艺本质的改革运动。

又，即使我国文艺已可比别国没有逊色，外国文艺也仍有研究的必要。实际上，托尔斯太的作品，读者不但是俄国人；哈代（Thomas Hardy）的作品，读者不但是英国人。好的作家虽生长于某一国，其实已是世界公有的作家了，他的作品，也就已成了世界共享的财产。在这上，我们已不用着攘夷自大的偏见。那英人而归化日本的文学者小泉八云（Rafcadio Hearn）说："英国文艺的精彩，有赖于他国文艺的影响者甚大。英国青年的精神生活，决不是纯粹只受了英国的感化而形成的。"这情形当不但英国如此，他国都可适用的。

要读外国文艺，最好熟达外国文。但翻译的也不要紧，大多数也只好借径于翻译本。一个人，能用法文读莫泊三，用俄文读契诃夫（A. Chekhov），用英文读莎翁，用德文读歌德，用意大利语读但农觉 ❶（D'Annunzio），原是理想的事，可是究竟不是常人能够做得到的事。大多数的人只好用其所熟达的某一国语言来读某一国以外的作品而已。例如熟达了英文，不但可读莎翁，也可以用了英译本来读歌德，读托尔斯太，读伊卜生。至于一种外国语都不熟达的，那就只好用本国文的译本来读了。只要有好的翻译本，用本国文也没有甚么两样。近来常有人觉得看翻译本不如看原文本好，其实这是错误的。所谓作家者，未必就是博言学者。沙翁总算是古

---

❶　今译为"邓南遮"。——编者注

今世界第一流的作家了，英国人至于说宁可失去全印度，不愿失去莎翁。但这莎翁却是不通拉丁文的，他只从英译本研究拉丁文艺。当时英国的拉丁文学者都鄙薄他、侮辱他，可是他终不因未通拉丁文而失了大作家的地位。大作家尚如此，何况我们只以鉴赏为目的●人呢？借了翻译本读外国文艺，决不是可怕的事，所望者只是翻译的正确与普遍罢了。我盼望国内翻译事业振兴，正确地把重要的外国文艺都介绍进来。

● 应为"为目的的"。——编者注

Chapter
第九章

09

读甚么

第九章　读甚么

我在前节曾劝诸君读古典文艺与外国文艺，那末漫无涯际的中外文艺，从何下手，先读甚么呢？这是当面的问题了。

不但文艺研究，广义的"读甚么书好？""先读甚么书？"是我常从青年朋友听到的质问。对于这质问，关于国学一部门，近来很有几个学者开过书目，各以己意规定一个最低限度，叫青年仿行。西洋也有这样的办法。我以为读书是各人各式的事，不能用一定方式来限定的。只要人有读书的志趣，就会依了自己的嗜好、自己的必要去发见当读的书的。旁人偶然随机的指导，不消说可以作为好帮助，至于编制了目录，叫人依照去读，究竟是勉强而无用的事。事实上，编目录的人所认为必读的东西，大半仍由于自己主观的嗜好，并非有客观的标准可说的。同一国学最低限度的书目，胡适之先生所开的与梁任公先生所开的就大不相同，叫人何所适从呢？

我以为读书是有赖乎兴味与触类旁通的，假如有人得到一部《庄子》，读了发生兴味了，他自会用了这部《庄子》为中心去触类旁通地窥及各种书。有时他知道《庄子》的学说源于《老子》，自会去看《老子》，有时他想知道道家与儒家的区别，自会去看《论语》《孟子》，有时他想知道道家与法家的关系，自会去看《韩非子》，有时他遇到训故❶上的困难了，自会去看关于音韵的书。这样由甲而乙而丙地扩充开去，知识就会像雪球似地越滚

---

❶ 即"训诂"。——编者注

第九章　读甚么

越大，他将来也许专攻小学音韵，也许精通法理，也许为儒家信徒，这种结果都是读《庄子》时所不及豫料的。

以上尚是就一般的学问所谓"国学"说的。至于文艺研究，更不容加以限制，说甚么书可读，甚么书可不读。文艺研究和别的科学研究不同，读甚么书，从甚么书读起，全当以趣味为标准，从自己感到有趣味的东西着手。好比登山，无论从那一方向上爬，结果都会达到同一的山顶的。

依了自己的兴味，无论从甚么读起，都不成问题，劝诸君直接就了文艺作品本身去翻读。如无必要，尽可不必乞灵于那烦琐的"文学概论"与空玄的"文学史"之类的书。这类的书，在已熟通文艺的人或是想作文艺的学究的人，不消说是有用的，而在初入文艺之门的人，却只是空虚冗累的赘物。现在中等学校以上的文科科目中，都有"文学概论""文学史"等类的科目，而却不闻有直接研读文艺作品的时间与科目。于是未曾读过唐人诗的学生，也要乱谈甚么初唐、中唐、晚唐的区别，李杜的优劣了！未曾读过勿洛培尔、左拉等的作品的人，也要乱谈自然主义小说了！谈只管谈，其实只是说食、数宝而已，与自己有甚么关系！

我们试听英国现存文学者亚诺尔特·培耐德（Arnold Bennett）的话吧。

文艺的一般概念，读了个个的作品，自会综合了了悟的。没有土，决烧不出硬瓦来。漫把抽象的文艺与文艺论在头脑中描绘而自惹混乱，是愚事。恰如狗咬骨头似地去直接咀嚼实际的文艺作品就好。如果有人问读书的顺序，那就和狗的问骨头从何端嚼起，一样是怪事。顺序不成问题，只要从有兴味的着手就是了。

第九章　读甚么 ||

举例来说，诸君如果是爱好自然风景的，自然会去读陶潜、王维等人的诗，读秦少游、贺方回等人的词，知道外国文的或更会去读华治华斯（Wordsworth）、屠介涅夫诸人的作物。如果诸君有一时关心社会疾苦了，自然会去读杜甫、白居易、元稹，知道外国文的更会去读伊卜生，去读柏纳·萧[1]（B.Show），去读高斯华绥（J.Galsworthy）。各人因了某一时嗜好与兴趣，自会各在某时期找到一系的文艺作品，来丰富自己，润泽自己。善读书的，在某一时期所读的东西里面，更会找出别的关心事项来更易兴趣的焦点，使趣味逐渐扩张开去，决不至于终身停滞在某一系上，执着在某一家。至少也当以某一系或某一家为中心，以别家别系为辅助的滋养料。

从甚么读起，不成问题，最初但从有兴味的着手就可以，其实，除了从有兴味的着手也

---

[1] 今译为"萧伯纳"。——编者注

没有别法，因为在最初叫关心恋爱而不爱自然
风景的人去读陶渊明、王维，叫热中于社会运
动的人去读鲍特莱尔（Baudelaire）、王尔德，
是无意义的。读甚么虽不成问题，但在文艺研
究的全体上，却有几种谁也须先读的东西。特
别地是对于外国文艺。例如基督教的"圣书"、
希腊神话，就是研究外国文艺者所不可不读的
基础的典籍。这二典籍，本身已是文艺作品，
本身已是了不得的研究材料，在西洋原是人人
皆知、家喻户晓的东西，其通俗程度远在我国
"四书"之上。许多作家的作品往往与此有关，
或是由此取材，或是由此取了体制与成语，巧
妙地活用在作品里。我们如对于这二典籍没了
一些的常识，就会随处都碰到无谓的障碍的。
所以奉劝诸君，我们可以不信基督教，但不可
不一读"圣书"，尽管不信荒唐无稽的传说，
但不可不一读希腊神话。圣书是现在随处可得
的，至于希腊神话，仅有人编过简单的梗概，
还没有好好的本子，实可谓是一件憾事。

Chapter
第十章

10

怎样读

第十章　怎样读 ‖

文艺作品之中有高级文艺与低级文艺的差别。我曾劝诸君读古典文艺与外国文艺，不消说是希望诸君读高级的文艺的。高级艺术与低级艺术的差别，在乎能保持永久的趣味与否？好的文艺作品，能应了读者的经验，提示新的意义，它决不会旧，是永久常新的。在西洋文艺上，莎士比亚、歌德的作品所以伟大者，就因为它包含着无尽的真理与趣味，可以从各方面任人随分探索的缘故。

在批评家、专门家等类的人，读书是一种职业，有细大不捐、好坏都读的义务。至于不想以此为业，但想享受文艺的利益，借文艺来丰富自己、润泽自己的诸君，当然不犯着去滥读无聊的低级的东西，除了并世的本土的杰作以外，尽可依了兴味耽读数种的古典文艺或外国文艺，与其读江西派的仿宋诗，不如读黄山谷、范成大，与其读《九尾龟》，不如读《红楼梦》，与其读《绿牡丹》，不如读《水浒》。因为后者虽不是最高级的东西，比之前者究竟要高级得多。

最高级的文艺作品，在世间是不多的。小泉八云说："为大批评家所称赞的书，其数不如诸君所想像之多。除了希腊文明，各民族的文明所产出的，第一级的书，都只二三册而已。载具一切宗教教义的经典，即当作文学的作品，也不失为第一级的书。因为这些经典，经过长年的磨琢，在其言语上已臻于文学的完全了。又表现诸民族理想的大叙事诗，也是属于第一级的。再次之，那反映人生的剧的杰作，也当然要算最高级的文学作品。但总计起来这类的书有几种呢？决不多的。最好的东西，决不多量存在，恰如金刚石一样。"这样意味的最高级的文艺作品，不消说，也不是普通的读者诸君所能立时问津的。我们所希望的只是从较高级的作品入手罢了。

高级文艺不是一读即厌的，但同时也不是一读就会感到兴味的。愈是伟大的作品，愈会使初读的感到兴味索然。高级文艺与低级文艺的区别，宛如贞娴的淑女与媚惑的娼妇。它没有表面上的炫惑性，也没有浅薄的迎合性，其美点深藏在底部，非忍耐地自去发掘不可。歌德的《浮士德》（*Faust*）、尼采（F.Nietzsche）的《查拉都斯托拉》（*Zarathustra*）都能使初接触的人失望。近代人的诗，对仗工整，用典丰富，而唐人的好诗，却是平淡无饰，一见好似无足奇的。
看似平凡而实伟大，高级文艺的特质在此。

要享受高级文艺的利益，可知是一件难
事。但如果因其难而放弃，就将终身不能窥
文艺的秘藏了。在不感到兴味时，我们第一
步先该自问："那样被人认为杰出的作家，为
甚么在我不感到兴味呢？"

亚诺尔特·培耐德在其《文艺趣味》
（*Literary Taste*）里曾解释着这疑问，说：
"因为接触到了比自己高尚进步的心境，一
时不能了解的缘故。"这是不错的话。古语的
所谓"英雄识英雄""仁者见仁，智者见智"，
在文艺鉴赏上，也是可引用的真理。一部名著，
可有种种等级的读者。第一流的读者，不消
说是和作家有同样心境的人了。这样的读者，
才是作家的真知己。

第十章 怎样读 ‖

那末，我们要修养到了和作家同等的心境，才去读他的书吗？我们要读《浮士德》，先须把自己锻炼成一歌德样的人吗？要读"陶诗"，先须把自己锻炼成一陶渊明样的人吗？这不消说是办不到的事。我们当因了研钻作家的作品，在知的方面、情的方面、意的方面，使自己丰富成长，了解作家的心境，够得上和作家为异世异地的朋友，至少够得上做作家的共鸣者。对于一部名著，初读不感兴味，再读如果觉得感到些兴味了，就是自己已渐在成长的证据。如果三读四读益感到兴味了，就是自己更成长了的证据。自己愈成长，就在程度上愈和作家接近起来。

这样的读书，不消说是我们的理想，但最初如何着手呢？我第一要劝诸君的，就是先了解作家的生平。文艺作品和科学书不同，科学书所供给我们的是知识，而文艺作品所供给我们的是人，因为文艺是作家的自己表现，在作品背后潜藏着作家的。在西洋，通常读某人的书的事，称为"读某人"。例如说"读莎士比亚"，不叫"读莎士比亚的剧本"。中国向来没有这种说法，例如说"读《陶渊明集》"时，断不说"读陶渊明"的（我在前面曾仿照了这西洋说法说过好多处）。我以为在这点上，西洋说法比中国说法好。说"读《陶渊明集》"，容易使人觉到所读的只是陶渊明的集子；说"读陶渊明"，就似乎使人觉到所读的是陶渊明了。"读其书，不知其人，可乎？"其实，依了上面的说法，读书就是知其人。不知其人，是无从读其书的。所谓知其人者，并不一定指甚么"姓甚名谁"而言，乃是要知道他是有甚样性格、甚样心境的一个人。

在已有读书的慧眼的，也许一经与作品接触就会想像到作者是个甚样的人吧。但在初步的读者，实有反对地先大略知道作者的必要。作者的时代与环境，是铸成作者重要要素，不消说也须加以考察。一见毫不感到趣味的文艺名作，因了得到了关于作者的知识，就往往会渐渐了解感到趣味的。我们如要读《浮士德》，当作豫备知识，先须去读歌德的传记，知道了他的宗教观，他的对于科学（知识）的见解，他的恋爱经过，他曾入宫廷的史实，当时的狂飙运动，以及他在幼时曾看到英国走江湖的人所演的傀儡剧《浮士德博士的生厓与死》❶，等等，那末，这素称难解的《浮士德》，也就不难入门了。《浮士德》是被称为文艺的宝库之一的名作，愈钻研愈会有所发见的，但不如此，却无从入门。

再就中国的古典文艺取例来说，古诗 19 首，不出于一人，且不知作者是谁的，大家

---

❶　今译为"《浮士德博士的悲剧》"。——编者注

只知道是汉人的作品而已。这古诗 19 首，从来认为好诗，同时也实是非常难解，不易感到趣味的作品。这 19 首诗作者不明，原无传记可考，只可从历史上看取当时的时代精神，以为鉴赏之助。时代精神不消说是多方面的，试暂就一方面来说。汉代盛行黄老，是道家思想很盛的时代。用了这一方面的注意去读 19 首，就可得到不少的帮助。至少要如此，才能了解那随处多见的什么"人生天地间，忽如远行客""人生寄一世，奄忽若飙尘""生年不满百，常怀千岁忧""万岁更相送，圣贤莫能度"等的解脱气分，和"极宴娱心意，戚戚何所迫""为乐当及时，何能待来兹""不如饮美酒，被服纨与素"等的享乐气分。

由前所说，可知当读一作品时，先把作者知道个大概，是一件要紧的事了。其次，我还要劝诸君对于所欢喜的一作家的作品，

第十章　怎样读 ‖

广施阅读，如果能够，最好读其全集。宁可少读几家，不可就了多数作家但读其一作品。因为我们的目的不是要作文艺的稗贩者，乃是要收得文艺的教养。这文艺的教养，固然可以由多数的作家去收得，也可以由一二个作家去收得的。一作家从壮年至老年，自有其思想上、技巧上的进展，譬如伊卜生是曾作《娜拉》《群鬼》《国民公敌》《社会栋梁》等的问题剧的，但如果只看了这一部分就说伊卜生是甚么甚么，那就大错。他在《海上夫人》以后的诸作，气分就与以上所说的问题剧大不相同。我们要读了他的作品的大部分，才能了解他的轮廓，各国大学者中，到了相当年龄，很有以攻究一家的作品为毕生事业的，如日本的坪内逍遥从中年起数十年中就只攻究了一个莎士比亚。

对于一作家的作品广施搜罗，深行考究，

这在本国的文艺还易行，对于外国文艺较难。
因为本国的文艺原有现成的书，而外国文艺
全有赖于翻译的缘故，特别地在我国。我国
翻译事业，尚未有大规模的进行，虽也时有
人来介绍外国文艺，只是依了嗜好随便翻译，
甲把这作家的翻一篇，乙把那作家的观一篇，
至今还未有过系统的介绍。任何外国作家的
全集，都未曾出现，这真是大不便利的事。
我渴望有人着眼于此，逐渐有外国作家的全
集，供不谙外国语的人阅读，使作家不至于
被人误解。又，为便于明了作家的平生起见，
我希望有人多介绍外国作家的评传。

文艺鉴赏的程度

第十一章　文艺鉴赏的程度 ||

　　我在前节曾说，一部名著，可有种种等级的读者。又，因了前节所说，一读者对于一部名著，也因了自己成长的程度，异其了解的深浅。文艺鉴赏上的有程度的等差，是很明显的事了。在程度低的读者之前，无论如何的高级文艺，也显不出伟大来。

　　最幼稚的读者，大概着眼于作品中所包含的事件。只对于事件有兴趣，其他一切不问。村叟在夏夜讲《三国》，讲《聊斋》，讲《水浒》。周围围了一大群的人，谈的娓娓而谈，听的倾耳而听，是这类。都会中人的欢喜看《济公活佛》《诸葛亮招亲》，赞叹真刀真枪，真马上台，是这类。十余岁的孩子们欢喜看侦探小说，是这类。世间所流行的甚么"黑幕""现形记""奇闻""奇案"等类的下劣作品，完全是投合这类人的嗜好的。

这类人大概不能了解诗，只能了解小说戏剧，因为小说戏剧有事件，而诗则除了叙事诗以外，差不多没有事件。其实，小说之中没有事件可说的尽多，近代自然主义的小说，其事件往往尽属日常琐屑，毫无怪异可言，即就剧而论，也有以心理气分为主，不重事件的。在这种艺术作品的前面，这类人就无法染指了。

不消说作品的梗概，原是读者第一步所当注意的。但如果只以事件为兴味的中心，结果将无法问津于高级文艺，而高级文艺在他们眼中，也只成了一本排列事件的账簿而已。

第十一章　文艺鉴赏的程度 ‖

其次，同情于作中的人物，以作中的人物自居者，也属于这一类。读了《西厢记》，男的便自以为是张君瑞，读了《红楼梦》，女的便自以为是林黛玉，看戏时因为同情于主人公的结果，对于戏中的恶汉，感到愤怒，或者甚而至于切齿痛骂，诸如此类，都由于执着事件，以事件为趣味中心的缘故。

较进步的鉴赏法，是耽玩作品的文字，或注意于其音调，或玩味其结构，或赞赏其表出法。这类的读者，大概是文人。一个普通读者，对于一作品，亦往往有因了读的次数，由事件兴味进而达到文字趣味的。《红楼梦》中，有不少的好文字，例如第三回叙林黛玉初进贾府与宝玉相见的一段：

宝玉看罢，笑道"这个妹妹，我曾见过的"。贾母笑道，"可又是胡说，你何曾见过他"。宝玉笑道，"虽然未曾见过他，然看着面善，心里倒像是旧相识，恍若远别重逢一般"。

在过去有青梗峰那样的长历史，将来有不少纠纷的男女二主人公初会时，男主人公所可说的言语之中，要算这样说法为最适切的了。这几句真不失为好文字。但除了在文字上有慧眼的文人以外，普通的读者要在第一次读《红楼梦》时，就体会到这几句的好处，恐是很难得的事。

文字的鉴赏，原不失为文艺鉴赏的主要部分，至少比事件趣味要胜过一等。但如果仅只执着于文字，结果也会陷入错误。例如诗是以音调为主要成分的，从来尽有读了琅琅适口而内容全然无聊的诗，不，大部分的诗与词，完全没有甚么真正内容的价值，只是把平庸的思想辞类，装填在一定文字的形式中的东西，换言之，就是靠了音调格律存在的。我们如果执着于音调格律，就会上他

第十一章　文艺鉴赏的程度 ‖

们的当。小说不重音律，原不会像诗词那样地容易上当，但好的小说，不一定是文字好的。托斯道夫斯基（Dostoyevski）的小说，其文字的拙笨，凡是读他的小说的人都感到的，可是他在文字背后有着一种伟大吸引力，能使读者忍了文字上的不愉快，不中辍地读下去。左拉的小说，也是在文字上以冗拙着名的，却是也总有人喜读他。

一味以文字为趣味中心，仅注重乎文艺的外形，结果不是上当，就容易把好的文艺作品交臂失之，这是不可不戒的。中国人素重形式，在文艺上，动辄容易发生这样的毛病，举一例说，但看坊间的《归方评点史记》等类的书，就可知道了。《史记》，论其本身的性质，是历史，应作历史去读，而到了归方手里，就只成了讲起承转合的文章，并非阐明前后因果的史书了。从来批评家的评诗、评文、评小说，也都有过重文字形式的倾向。

对于文艺作品，只着眼于事件与文字，都不是充分的好的鉴赏法，那末，我们应该取甚么方法来鉴赏文艺呢？

让我在回答这问题以前，先把前节的话来反复一下。文艺是作家的自己表现，在作品背后潜藏着作家的。所谓读某作家的书，其实就是在读某作家。好的文艺作品，就是作家高雅的情热、慧敏的美感、真挚的态度等的表现，我们应以作品为了媒介，逆溯上去，触着那根本的作家。托尔斯太在其《艺术论》里把艺术定义了说：

一个人先在他自身里唤起曾经经验过的感情来，在他自身里既经唤起，便用诸动作、诸线、诸色、诸声音或诸以言语表出的形象来传这感情，使别人可以经验同一的感情——

第十一章　文艺鉴赏的程度 ‖

这是艺术的活动。

艺术是人类活动，其中所包括的是一个人用了某一种外的记号，将他曾经体验过的种种感情，意识地传给别人，而且别人被这些感情所动，也来经验它们。

感情的传染，是一切艺术鉴赏的条件，不但文艺如此。大作家在其作品中绞了精髓，提供着勇气、信仰、美、爱、情热、憧憬等一切高贵的东西，我们受了这刺激，可以把昏暗的心眼觉醒，滞钝的感觉加敏，结果因了了解作家的心境，能立在和作家相近的程度上，去观察自然人生。在日常生活中，能用了曾在作品中经历过的感情与想念，来解释或享乐。因了耽读文艺作品，明识了世相，知道平日自认为自己特有的短处与长处，方是人生共通的东西，悲观因以缓和，傲慢亦因以减除。

　　好的文艺作品，真是读者的生命的轮转机，文艺作品的鉴赏，也要到此境地，才是理想。对于作品，仅以事件趣味或文字趣味为中心，实不免贻"买椟还珠"之诮，是对不起文艺作品的。

　　小子何莫学夫诗？诗可以兴，可以观，可以群，可以怨，迩之事父，远之事君，多识于鸟兽草木之名。

　　试看孔子对于《诗》的鉴赏理想如此！

　　我们对于文艺，应把鉴赏的理想，提高了放在这标准上。如果不能到这标准的时候，换言之，就是不能从文艺上得着这样的大恩惠的时候，将怎样呢？我们不能就说所读的作品无价值。依上所说，我们所读的，都是高级文艺，是经过了时代的筛子与先辈的鉴别的东西，决不会无价值的。这责任大概不

第十一章　文艺鉴赏的程度 ‖

在作品本身，实在我们自己。我们应该复读瞑思，第一要紧的，还是从种种方面修养自己，从常识上加以努力。举一例说，哲学的常识，是与文艺很有关联的。要想共鸣于李白，多少须知道些道家思想；要想共鸣于王维，多少须有些佛学趣味。毫不知道西洋中世纪的思想的，当然不能真了解但丁（Dante）的《神曲》；毫不知道近代世纪末的怀疑思想的，当然不能真了解莎士比亚的《汉默莱德》❶。

❶　今译为"《哈姆雷特》"。——编者注

Chapter
第十二章

12

读者可自负之处

第十二章　读者可自负之处 ‖

文艺不但在创作上是人的表现，即在鉴赏上亦是人的反映。浅薄的人不能作出好文艺来，同时浅薄的人亦不能了解好文艺。创作与鉴赏，在某种意味上，是一致的东西。日本厨川白村在其《苦闷的象征》里，曾名鉴赏为"共鸣的创作"。真的，鉴赏不失为一种创作，只是创作是作家的自己表现，而鉴赏是由作家所表现的逆溯作家，顺序上有不同而已。

真有鉴赏力的读者，应以读者的资格自负，不必以自己非作家为愧。艺术之中，最使人易起创作的野心与妄想的，要算文艺了。

听到音乐上的名曲时，看到好的绘画或雕刻时，看到舞台上的好的演剧时，普通的人，只以听者观者自居，除了鉴赏享乐以外，无论如何有模仿的妄想的人，也不容发生自己来作曲弹奏，自己来执笔凿，或是自己来现身舞台的野心的。独于文艺则不然。普通的人，只要是读过几册文艺书的，就往往想执笔自己试作，不肯安居于读者的地位。因为文艺在性质上所用的材料是我们日常习用的言语，表面看去，不比别种艺术的须有材料上的特别练习功夫与专门知识的缘故。鉴赏是共鸣的创作，这是由心情上说的。实际的文艺创作，毕竟有赖于天才，非普通人所能胜任的事。文艺上所用的材料，虽是日常语言，似乎不如别种艺术的须特别素养，但言语文字的驱遣，究竟须有胜人的敏感和熟练，其材料上的困难，仍不下于别种艺术。例如色彩是绘画的材料，色彩的种类人人皆知，而究不及画家的有敏感。又如音乐的材料是音，音虽人人所能共闻，音乐家所知道的究与寻常人有不同的地方。以上还是仅就材料的言语文字说的，文艺是作者的自己表现，文艺的内容是作者，作者自身如别无可以示人的特色人格（这并非仅指道德而言），即使对于言语文字有特出的技巧，也是无用的事。

文艺鉴赏，本身自有其价值，不必定以创作为目的。这情形恰和受教育者不必定以自己作教师为目的一样。不消说，好像要作教师，先须受教育的样子；要创作文艺，先须鉴赏文艺。但创作究不能单从鉴赏成就的。不信，但看事实：自各国大学文学科毕业者，合计每年当有几万人吧？他们在学时，当然是研究过文艺上的法则，熟谙言语文字上的技巧的了，当然是读破名著，富有鉴赏力的了，而实际上全世界有名的作家，还是寥寥。并且，有名的作家之中，有许多人竟未入过大学的。俄国的当代名小说家高尔基听说是面包匠出身。有许多人虽入过大学，却并不是从文科出来。俄国的契诃夫是医生出身，日本的有岛武郎是学农业的。

鉴赏文艺，未必就能成创作家，这话听去，似乎会使诸君灰心，实则只要能鉴赏，虽不能创作，也不必自惭，因为我们因了作品的鉴赏，已得与作家作精神上的共鸣了，在心情上，已得把自己提高至和作家相近的地位了。真有听音乐的耳的，听了某名曲所得的情绪，照理应和作曲者制曲时的情绪一样。故就了一曲说，在技巧上，听者原不及作者，而在享受上，听者和作者却是相等的，只要他是善听者。

作家原值得崇拜，自己果有创作的天才，不消说也应该使之发挥，但与文艺相接近的

第十二章　读者可自负之处 ‖

人们，如果想人人成作家，人人有创作的天才，
究竟不是可希望的事。与其无创作上的自信，
做一个无聊的创作者，倒不如做一个好的读
者鉴赏者。我们正不必以读者自惭，还应以
读者鉴赏者自负。

13

由鉴赏至批评

第十三章　由鉴赏至批评 ‖

关于文艺鉴赏，已费去不少的纸数了。这里试把话题移至文艺批评去吧。

其实，鉴赏本身，已是属于批评范围以内的事。所谓文艺批评者，种类很多，有甚么印象的批评、历史的批评、科学的批评、社会的批评，等等，批评的含义，普通分为批难、称赞、判断、解释、比较、分类，等等。毕竟只是以鉴赏为出发点的东西，无论何种的批评，都可作为鉴赏的发表。因了鉴赏者的性格，于是批评乃生出许多的种类来。

创作的材料是实生活，批评的材料是创

作。创作者玩味了实生活而生出创作，批评家玩味了创作而生出批评。故创作者就是生活的鉴赏者，而批评家就是创作的鉴赏者。把生活玩味了，在生活上发见了某物（Some Thing），有技俩发表出来，对于生活，想使大众同喻的，是创作者。把创作玩味了，在创作上发见了某物，有技俩发表出来，对于创作，想使大众共喻的，是批评家。

批评是鉴赏的发表，我们可以沉默地去享乐文艺，也可以把自己所享乐到的传给别人，前者是普通但以鉴赏为目的的所谓读者，后者是批评家。中国是文字的国家，文艺批评的历史很古，从来汗牛充栋的注释家的著作，以及一切诗话、词话、文论，等等，都是文艺批评。但可惜大半都汲汲于文字上，琐屑不堪，和近代各国的所谓文艺批评者，差不多是全不相同的东西。这也不只中国古来如此，

第十三章　由鉴赏至批评

文艺批评的成为一种有势力的趣向，至于产出所谓文艺批评的专门家，在西洋也是近代的事。

文艺批评，在现代已俨然成了一种专门的职业。这种职业完全是近代的产物。因了交通、印刷的便捷和普通教育的发达，接触文艺的机会，较前丰富，文艺在现代已成了和日常茶饭一样的生活上需要的东西，有需要就必有供给，于是不但创作是专门职业，连批评创作，也成为一种专门的职业了。古代未有如此条件，连职业的创作者尚且没有，何况职业的批评家呢？

文艺批评的任务，一方是阐发作品，指导读者，一方是批评作品，指导作家。文艺批评家，可以说是读者和作者家所共戴的教师。伟大的文艺批评家，应该就是人生全体的批评家，因为文艺批评是以作家的创作为对象的，创作是通过了作家的心眼的人生的表现，批评家的批评，直接是批评创作，间接就是在批评人生。试看，托尔斯太、拉斯金（J.Ruskin）、泰纳（Taine）、培太（W.Pater）、勃廉谛尔（Brunetiere）等诸大批评家，那一个不就是伟大的人生批评家？

或者有人要问，"批评家的地位，在作家以上吗？"这原不能一定，批评家之中，有好的坏的，作家之中，也有好的坏的。如果离开了人，抽象地但就批评与创作二事来说，则批评究是知识的产物，创作究是天才的产物，性质不同，无法品定孰优孰劣的。即使勉强品定了，也是毫无意义的事。

作家可以不把批评家的批评为意而从事其创作，批评家也可以不管作家的好恶而发抒其批评。彼此有其自由的立场，可各不相犯。一味迎合批评家的意向的不是好作家，拘于

第十三章　由鉴赏至批评 ‖

主观或以私意品骘作品者，不是好批评家。

作品是作家对于人生的叫喊，批评是批评家对于作品的叫喊，作品因了批评增加社会性，也因为愈有社会性，愈有批评的必要。文艺在今日已不是少数人茶余酒后的消遣品了，文艺批评，亦将随着愈显其重要性吧。

Chapter
第十四章

14

创作家的资格

第十四章 创作家的资格 ‖

鉴赏文艺，并不以创作为目的，鉴赏本身自有其价值，普通接触文艺的人，不必以读者自惭，不必漫起创作的野心，这是前面所屡说过的事。但我不能断定我们的读者之中，全没有创作的天才者或志望者，虽然不能详尽，不能不把创作的大要，加以叙述。又，即为一般无志创作的文艺鉴赏者起见，也有略谈创作法的必要。创作与鉴赏，本来是同一的心的作用，所差的只是创作是由内部表现于外部，鉴赏是由外部窥到内部而已。全不知建筑学者，不能真正理解建筑的美；非知创作的大略者，不能有真正的鉴赏。

首先须说的是创作家的人。文艺是作家的自己表现，"自己"如无价值，所表现出来的作品，也就难能有价值。"文如其人"，古人已早见到了。文艺创作的方法，单从形式的文字技巧上立论，究竟免不了浅薄，根本上还应从人的修养着手才行。不消说，文艺之中有各种部门，创作家的资格，也可因了其所从事的部分而有不同的。举例来说，诗与小说，同为文艺而性质有异，诗人比较地须有寂寥孤独❶之处，小说家究非沉到社会里去作社会人不可。诗人需要情热，小说家需要冷静。这样，就了文艺各部门比较创作家的性格，原是很有意味的事。但我们却无此余裕，以下试就了文艺全范围，来把创作家的资格，略加考察吧。

即不把文艺的各部门分别，统了文艺的

❶ 应为"孤独"。——编者注

第十四章　创作家的资格 ‖

全范围来说，创作家的资格，也可从种种例举，至于不遑枚举吧。今但就我所认为最要的举出两项，一是锐利的敏感，一是旺盛的情热。二者是文艺创作家最重要的资格。

先就敏感说。文艺作品不是科学的知识，不是道德的说教，只是以美的情感为本质的东西。这所美者，并非普通的所谓美，是包含高尚的、深刻的、优雅的、哀切的、悲痛的及其他一切可以作文艺内容的情而言。创作家对于自然或人生，观察经验，如果比之常人，体感不出别的深而远的某物来，所作的东西，毕竟只是人云亦云，毫无新鲜泼刺之趣了。凡是好的创作家，都能于平凡之中发见不平凡，于部分之中，见到全体，他们有常人所未曾感到的忧愤，也有常人所未曾感到的悦乐，他们能不为因袭成见所拘束，不执着于实用功利，对于世间一切，行清新的观照，作重新的估价。文艺一方是时代的反映，一方又是时代的晓钟。所谓创作者，就是能在世间一切体感当前的时代而同时又能豫感新时代的人。

以上只是就文艺的内容上说的。敏感的重要，不但在文艺的内容上，至于文艺的形式上亦大大地需要敏感。文艺是用文字组成的艺术，文章的美丑，结构的巧劣，都是文艺的重大关键。大概的文艺作家，也就是文章家。所谓文章家者，就是对于文字的使用有着非常敏感的人。贾岛的"推敲"，勿洛培尔的"一语说"，都可征明❶敏感的必要，至于近代的象征派的作家，对于文字上的感觉，其敏锐更足惊人，他们之中，竟有人能从五个元音上分出五色来，说甚么"A 黑、E 白、I 赤、U 绿，O 青"的话。

---

❶ 应为"证明"。——编者注

第十四章　创作家的资格 ‖

诺尔道在其《变质论》里痛斥近代创作家的神经过敏，说近代作家都是变质者，近代的文艺作品，都是病的产物。这当然不是无因之谈，近代人因了生活的紧张与复杂，官能刺激过了度，确有多少都已是变质者，官能愈锐敏的创作家，当然更是变质者了。我们因了他的话，可证明敏感在创作上的重要，至于变质的对于社会的利害，姑且不谈。（诺尔道的学说，也尽有反对的人）。

锐利的敏感，是创作家重要资格之一。其次是情热。情热是促动创作家去创作的动力。创作家脑中所留着的由敏感而来的印象，虽然明显，如果不含有情热，不想写了告人，也是无益的事。真的创作，都是创作家因了内部的本能的压迫，才去从事的。创作对于自己所观察经验的结果，感到牵引，感到魅惑，郁积于中，不流露不快，这其中才有创作的欢悦。要感动别人，先须感动自己。读者对于作品所受到的情绪，实是创作家所曾经自己早更强烈地感受过了的东西。

敏感与情热，互有不可离的关系，敏感用以收得美感，真收得了美感了，当然会引起情热，否则敏感的程度，必有欠缺。同样，能起情热的，当然是美感，我们断不会对于平凡陈腐可厌的东西感到牵引与魅惑的。上面虽曾分别了说，其实只是一件事而已。

此外关于创作家的资格可列举的当然很多，但我以为例如敏感与情热的样子，举一可概其余，不必再赘述的了。

Chapter
第十五章

15

抽象的与具象的

第十五章　抽象的与具象的

上节曾述敏感为创作家的重要资格之一，创作家要有锐利的敏感，才能对于自然人生体感出常人所体感的深远的某物，写出示人。这所谓某物（Some Thing）者，或是人生的意义，或是时代的倾向，要之不外乎是一种抽象的东西。这抽象的东西，在文艺上是否就能适用呢？把这抽象的东西直接写出是否就是文艺作品呢？决不是的。抽象的东西，只是一种概念，纯概念的露骨的表出，在科学或道德当然可以，在文艺上是不适当的。因为文艺的本质是情感，而概念却是知或意的产物的缘故。

文艺上对于自然人生的处理，须具象的，不该是抽象的。作者原须用了锐利的敏感在自然人生上发见某物，但在作品上所描写的，却不是这某物的本身，而是包含着这某物的自然人生。莫泊三评其师勿洛培尔说："勿洛培尔不想谈人生的意义，他所想教示人的只是人生的精髓。"作者的任务，在乎从复杂的自然人生中选取出富于意义的一部分，描写了暗示世人以种种的意义。毫无意义地把任何部分的自然人生来描写固不可，完全裸露地单把所见到的意义来描写也不可。作者所当着眼的是具象的实世间，所当取材的也是具象的实世间。能在具象的邻家夫妇或同船旅客之中发见出某物来，仍用了这邻家夫妇，或同船旅客作了衣服，把所发见的某物暗示世人，才是文艺作家的手腕。

有些作者，先定了一个概念，然后再把

第十五章　抽象的与具象的 ‖

人物事件附会上去，写成一种作品。这在文艺上宁是邪道，这类作品，往往含着宣传与教训的色彩，也难得有出色的东西。原来在事象中发见某物，与把事象附会到既成的概念上去，全然是两件事。前者是有生命的作家的自然的产儿，后者是作家用了成见捏出的傀儡，傀儡是不会有生命的。

又，自然人生原是多元的东西，作家一时因了某物所选取的自然人生，其部分不论如何狭小，也仍是多元的，于作家在一时所发见的某物以外，当然更含有许多附带的意义。要具象地写自然人生，才能不挂一漏万。伟大的文艺作品所以能广泛地使读者随了程度各自欣赏，值得从各方面探究者，就为了其内容是具象的，有和自然人生同样的多元性，不明白地局限于某种狭小的教示的缘故。读者的翻读文艺作品，目的不在听作家的抽

象的说教，乃在要看看那通过了作家心眼的
自然人生。因了各自的程度与性向，在作品
上得到共鸣的处所，于是才生鉴赏上的欣悦。
若作家露骨地把概念加以限定，读者在作品
中所见的不是自然人生，乃是作家的意见，
而且是强迫了叫他看的意见，这时读者的心
的活动就被束缚，毫无自由了。这类作品，
在本和作家有同感的人也许会耐心乐读吧？
而在普通的读者，却是味同嚼蜡的。

文艺创作上对于自然人生的处理须具象
的而不可抽象的，这理由因了上面的所说，
大略可知道了吧。这抽象的与具象的二语，
实关系于文艺创作的全领域，创作与宣传的
区别，固然在此，即作品的形式上的文章，
其好坏也可用这抽象的与具象的二语作了标
准来说明。

文艺作品中文字，应是描写的，不该是

说明或议论的。文艺作品之中，作家借了作中人物的口来说自己的话的原是常有，至于作家直接露出了面来对读者发挥议论或作说明的事，在我国古来文艺上（特别在那从平话与演义蜕化来的小说上），虽所常见，但其实，从现在看来，这恰和在京戏中于演者旁边突然见到有人打扇、送茶一样，是很不统一自然的（我曾作过一篇专论这事的文字，附在开明书店出版的《文章作法》里）。就一般的原则说，文艺的文字，彻头彻尾应以描写为正宗，说明或议论的态度务须竭力地排除。因为描写是具象的，而说明或议论是抽象的的缘故。能具象地处理自然人生，在文字上自不得不是描写的，若抽象地概念地去写，结果究逃不出说明或议论的范围。

此外，在这抽象的与具象的二语之下，

可说述的文艺创作上的事项，如部分与全体、类型与个性之类，当然还很多。但这里却无周遍说述的余暇，只好让读者诸君自己去类推了。

Chapter
第十六章

16

自己省察

第十六章　自己省察

作家应把自然人生具象地处理，但森罗万象的自然人生之中，究从何处下手呢？最安全正当的方法，是从自己下手。自己省察，是作家第一步所应该用的功夫。而且是一生唯一的功夫。自己省察是文艺创作的根源。

不消说，作家可以因了观察，从广泛的世界中选出适于自己创作的现象记在笔记里，可以因了想像自己考案许多世间实际所无的事象，也可以把眼前的人物作了"模特尔"写到小说或戏曲中去，可以因了别人的表情与动作推测其心理。但其实，这种方法，不但不是初从事创作的人所能使用，而且也并不是根本的可靠的东西。真的创作上最根本的手段，除了内观自己，没有别法。文艺作品毕竟是作家的自我表现，所描写的自然人生，也毕竟是通过了作家的心眼的自然人生。把自己所感所见的，适宜地调整安排，这就是创作。

告白文学、第一人称的小说、抒情诗等直写作家自己的作品，不必说了，一切文艺作品，广义地说，都是作家的自传。我们只要先查悉了作家的生涯，再去读他的作品，就随处都可发见作家的面影。愈是大作家的作品，自传的分子亦愈多。一作家的许多作品里的人物，大概是有一定的性格的。例如就屠介涅夫说，殷赛洛夫（《前夜》的主人公）、巴赛洛夫（《父与子》的主人公）、路丁（《路丁》的主人公）等，不是大同小异的人物吗？这许多人物，其实就是作家的分身。莎士比亚是被称为有千心万魂、第二的造物主的作家的，他在剧中曾描写着各种各样的人物。但据学者的研究，汉默列德式的人物，在作中常常见到，丹麦的王子汉默列德，就是其最后而最完全的标本。施耐庵在《水浒》中描写着一百零八条好汉，个个都有个性，若仔细研究起来，定可归并出几个性质来，而这几个性质，无非就是施耐庵自己的各方面而已。武松、石秀是他，李逵、鲁智深也是他。他本身内心有着武松、石秀的分子，才取了出来，敷衍了、客观化了造成武松、石秀；本身内心有着李逵、鲁智深的分子，才取了出来，敷衍了、客观化了造成李逵、鲁智深的。作家决不能写内心上毫无根据的人物，尤其是人物的心理。

近代很有些学者正在应用了勿洛伊特（Freud）派的精神分析学，研究作家与作品的关系。据他们的研究，所谓文艺作品者，都是作家无意识地自己个人的叫声。这叫声的出发处也许往往连作家自己也不知道，但确是发于作家的内心的。美国亚尔巴德·马代尔（Albert Mordell）氏曾有一部名曰《文学上的性爱的动因》的书，就了近代大作家详细地分析着，日本厨川白村着的《苦闷的象征》（有鲁迅氏与丰子恺氏的译本），也就是从精神分析学出发的文艺论，可以参考。

话不觉脱线了，再回头来说自己省察吧。自己是一切世象的储藏所，所谓"万物皆备于我"，不是过言。向了这自己深去发掘，深去解剖，就会发见一切世象共通的某物来。就了最普通浅近的情形说吧，如果不把自己快乐时的状貌、心情、举动等反省有明确的印象，决不能描写他人的快乐；如果不把自己苦痛时的状貌、心情、举动等反省有明确的印象，决不能描写他人的苦痛。要知道他人，

第十六章 自己省察 ‖

毕竟非先深知道自己不可。

知道自己，这话听去似乎很容易，其实是很难的事。因为真正要知道自己，非就了自己客观地作严酷的批判、深刻的解剖不可。人概有自己辩读自己宽容的倾向，把自己载在解剖台上，冷酷地毫不宽恕地自己执了刀去解剖，是常人所难堪的。这里面有着艺术的冷酷性，所谓艺术家者，是不但对于他人毫不宽恕，即对于自己也是毫不宽恕的人（这所谓冷酷、省察、不宽恕，只是态度问题，和实际的道德无关）。从这冷酷里，可以脱除偏见与小主观；从这冷酷里，可以清新正确地见到世象，所谓对于世间的真正的同情，实是由这冷酷中生出的东西。

自己省察是文艺创作之始，也是文艺创作之终。有志于文艺创作者，应该先下自己省察的功夫！

17

创作家与革命

第十七章 创作家与革命 ‖

近年以来，革命成了一种全世界的口头的熟语，于是有所谓革命文艺发生，就中无产阶级文艺，尤在引起世间的注意。兹试一考察文艺创作与革命的关系。

先请听培耐德的话：

现今全世界滨于危殆，非施一种急救，灾祸将立至了：如此的妄想，世间人都抱着。这在社会革命家是当然要抱的妄想，从艺术家的常识说，却是非竭力反对不可的见解。不消说，这世界是非常坏的世界，但也是非常好的世界。艺术家在任务上虽不能不与理想的世界（What ought to be）有关与，但注重却应在现实的世界（What is）。一切的必要改革如果一旦成就，我们的完全的世界定会像冰石似地完全冷却。所以，在这冷却期未到以前，艺术家当在互相反目战争着的几多见解中，保持自己的平衡。把 What is 来描写，来享乐。……如果漫然受了性急的改革家的诱惑，脱出艺术家的正路，那末他的艺术也就将丧失了吧。

培耐德这话，从纯粹的艺术态度立论，原是值得倾听的。但在主张把艺术作革命的工具的论者，特别在那主张艺术的阶级性的无产文艺的论者，恐会不承认吧。

美国马克斯 ❶ 主义文艺作家奥卜顿·新克拉 ❷（Upton Sinoloir）曾指摘现代文艺上的六种虚伪。（1）艺术至上主义（艺术至上主义

---

❶ 今译为"马克思"。——编者注
❷ 今译为"厄普顿·辛克莱"。——编者注

所存在之处，文艺与社会都颓废着）。（2）贵族主义（文艺在本质上是大众的）。（3）传统主义（艺术不是历史的徒弟）。（4）趣味主义（Dilettantism）的邪恶（现实回避，就是退化的明证）。（5）文艺的非道德性（一切艺术都有道德性）。（6）不认文艺为社会的、道德的、经济的宣传的虚伪（一切艺术都是宣传）。他认所谓革命的文艺者，就是和这六种虚伪相反的文艺。

这样，纯艺术论者与革命的艺术论者，其主张的相反，很是明显，我们在这二相反的道路上，走那一条好呢？

聪明的读者，读了我前面各项的论议，想已可窥测我个人对于这问题的大略的态度了吧。为使他更明白起见，再在这里叙述一下。

我以为：凡是伟大的文艺作家，应该都是

一种的革命者。所谓革命，种类很多，但其本质只是因袭的打破，价值的重估。文艺作家是有锐利的敏感的，故常例对于某一世象能在举世未觉醒其矛盾以前，感到了来描写。历来改造要求的第一声，往往从文艺作家笔上传出，他们对于时代，有着惊人的嗅觉，他们是时代的先驱者。新克拉的所谓一切文艺都是宣传，在这意味上是不错的话。

但革命是多方面的事，文艺作家对于革命，也是有其领域。他们的任务，在乎肉薄时代的空气，他们所追求的不是学问，不是历史，乃是时代的气分。自然，作家之中，也尽有做实际上的革命行动的，如屠介涅夫有一时代（1860 年），曾在英国的《警钟》报上执过鼓吹革命的笔。但在他的小说中，我们只能见到时代的不安（据克鲁泡特金的批评：他的小说，合起来不啻俄国的文明史），

第十七章 创作家与革命 ▌▌

却未曾见到他的政治意见。他当作小说家，是一味描写时代，忠实地只尽了文艺家的任务的。

以上是但就一般的革命与文艺的关系说的。如果把革命局限在经济上说，那末所谓革命文艺者，就是无产阶级（Proletariat）文艺了。

由马克斯的经济史观看来，文化毕竟是经济生活的上层构造，从前的文化，只是资产阶级（Burgher）的文化，一旦社会革命，普洛列太里亚❶抬起头来，特别有普洛列太里亚文化出现。一切宗教、政治、道德、艺术等都要顿呈改观，而文艺亦不得不改其面目。从前的文艺，是鲍尔乔❷文艺，今后所要求的，是普洛列太里亚的文艺。所谓普洛列太里亚

❶ 即无产阶级。——编者注
❷ 即资产阶级。——编者注

143

文艺者，简单地说，就是表现劳动阶级的心理与意识的文艺。

现代的文化是鲍尔乔的文化，鲍尔乔文化的快要没落，是不可掩的事实。现代文艺是鲍尔乔文化的产物，当然不合于将来，起而代之的不消说是普洛列太里亚文艺了。

普洛列太里亚文艺在今日，已成了世界的问题了。苏俄本土不必说，在我国文坛上已成了论战的题目。有的主张如此，有的主张如彼，详细情形，让读者自己去就了新闻杂志书册去看。我也不想加入论战中去，在这里只表明我自己的意见而已。

据我的见解，真正的普洛列太里亚文艺，在近的将来是不能出现的。❶在已有无产阶级作家的苏俄本土及别国不知道，至少在我国

---

❶ 以下观点受作者所处时代局限性影响。——编者注

是一时不能出现的。我国（也许不但我国）现代的作家，不论其目前资产之有无，在其教养上、经历上、趣味上甚而至于生活上，都是鲍尔乔。他们的文艺作品，大众的普洛列太里亚能到手入目与否且不管，其内容无论怎样地富于革命性，决不能成为真正的普洛列太里亚的生命上的滋养料。即使能设身处地，替普洛列太里亚说话，但究非真由内部渗出的东西，只仍是鲍尔乔所见到的一种世相而已。

文艺是体验的产物，真的普洛列太里亚文艺，当然有待于普洛列太里亚自己。普洛列太里亚的文化总有一天会出现的，普洛列太里亚文艺的成立，也可豫想。至于在过渡期中，所能看到的，尚只是其萌芽或混血儿。

Chapter
第十八章

18

结　言

第十八章　结　言 ‖

纸数将完，不能不就此把话结束了。

本稿在初写时，原不想有甚么系统，只豫备写到那里就是那里，略供给读者诸君以文艺上的知识吧了。写成以后，如果要说系统，觉得也似乎有系统可说。最初几节是关于文艺的本质的，中间几节关于鉴赏，末后几节关于创作。但却不敢像模像样地把全稿分为甚么本质论、鉴赏论、创作论。

本稿与其说是著的，实是编的。各种意儿❶，大部分采自别人的著作，不完全是我自己的主张。我写本稿时所用的参考书重要的

---

❶　应为"意见"。——编者注

如下。

《文学与生活》 有岛武郎

《文学论》 夏目漱石

《苦闷的象征》 厨川白村（鲁迅译）

《新文艺讲话》 木村毅

《文学入门》 Rafcadio Hearn

《文学趣味》 Arnold Bennett

《俄国文学的理论与实际》 克鲁泡特金

文艺在普通人只是鉴赏的对象。读者诸君要享受文艺的恩惠，唯一的途径，就是直接去翻读文艺作品。空疏的文艺论，只是说食数宝，除了当作鉴赏上的一种的锁匙以外，是全无用处的。我希望读者诸君以我这小稿作了锁匙，自己去叩文艺的门。

编后记

夏丏尊（1886～1946），名铸，字勉旃，号闷庵，别号丏尊，浙江上虞崧厦人。著名文学家、教育家、出版家。1905年赴日本留学，1907年因领不到官费，辍学回国。1908年应聘任浙江两级师范通译助教，在浙江省立第一师范学校积极支持校长经亨颐提倡新文化，被誉为"四大金刚"之一。1923年，将日译本《爱的教育》译为中文，在东方杂志上连载。1926年起，一边教书，一边在上海开明书店从事出版事业十余年。1946年病逝于上海。其学术著作有《文艺论ABC》《生活与文学》《现代世界文学大纲》，编著有《芥川龙之介集》《国文百八课》《开明国文讲义》等。

1928 年,《文艺论 ABC》一书,由上海世界书局出版,列为 ABC 丛书之一。该书是一本文艺学的入门书,语言通俗易懂,实用性强,具有文艺学工具书性质,适合于高校文艺学专业及对文艺学感兴趣的普通读者。全书分为 18 章,以古今中外的文艺家及文艺作品为例,重点论述文艺的本质、文艺的鉴赏、文艺的创作等文学基本问题。

为方便读者阅读,本次整理,改竖排繁体为横排简体,对部分标点、格式进行了调整,并增加编者注。限于编者水平有限,错漏之处在所难免,恳请广大读者批评指正。

王颖超

2016 年 11 月